曝日

蔡长兴 著

海峡出版发行集团 | 海峡文艺出版社

图书在版编目（CIP）数据

曝日/蔡长兴著. — 福州：海峡文艺出版社，2019.3
（2024.3 重印）
ISBN 978-7-5550-1817-9

Ⅰ.①曝… Ⅱ.①蔡… Ⅲ.①诗集－中国－当代
Ⅳ.①I227

中国版本图书馆 CIP 数据核字（2019）第 045530 号

曝　日

————————————————————

蔡长兴　著

出 版 人　林　滨
责任编辑　林　颖
出版发行　海峡文艺出版社
经　　销　福建新华发行（集团）有限责任公司
社　　址　福州市东水路 76 号 14 层
发 行 部　0591－87536797
印　　刷　三河市兴博印务有限公司
厂　　址　河北省廊坊市三河市杨庄镇大窝头村西
开　　本　889 毫米×1194 毫米　1/32
字　　数　95 千字
印　　张　4.75
版　　次　2019 年 3 月第 1 版
印　　次　2024 年 3 月第 2 次印刷
书　　号　ISBN 978-7-5550-1817-9
定　　价　35.00 元

————————————————————

如发现印装质量问题，请寄承印厂调换

序一：坚韧的诗性

夏 敏

　　《曝日》是长兴的第二本诗集。不论长短，里面不是每一首都可以让你轻松读过的，可见其作品背后蕴藏深厚。无论你收获颇丰还是感觉诙谐，常常会生发沉重、甚至窒息的感觉，这是一种坚韧的诗性。你必须驻足观测、揣摩他的内心。他用语之老到，无法相信他是2000年才开始作诗，而且是个"70后"。

　　长兴的诗歌并不长，总是三言两语、半遮半掩把沉甸甸的心绪呈现出来,也就是说他并没有把意思说透,这样诗歌就值得玩味了。譬如他在《出砖入石》中写道:"我"和"你""痛苦一旦同步,便是永恒"。这里的"我"和"你"置于"同步""痛苦"的二律悖反关系中,这种"永恒"的杀伤力让人不寒而栗。类似这种将关系中的两极进行比附,形成不同意象的反差,从而引出诗人的胸臆,这在诗人笔下比比皆是。较有代表性的就是用作书名的《曝日》一诗。该诗巧妙地用两种反差意象,用"冷"来写日的"热","天空中落日的驼背,由热变冷/山谷的上方,正午的炙热/缓缓移动的冷,慢慢缩小的冷",诗歌借助作为对立面的"冷""热",写知觉的强烈反差,以极端的冷写极端的热,十分符合诗歌"陌生化"效果,就像因"痛"而"快",令人回味隽永。长兴对温度的这种特别感受,与其长年的乡村生活体验有关。诗中他甚至用近乎俏皮的口吻,表达他对农人日下劳作的异类感受:"那磨掉外皮的番薯,仅剩的斑点/那露在寒风中的小小的红屁股,敞开的冷。"

虽然不好说长兴将意象反差用到极致,但这的确是他的一种重要的诗意呈现方式。《落下的鸟巢》中的"鸟巢"与"树"就是在意象反差的关系建构中,呈现他独特的生命体验。鸟巢从树上落下,两种相互依存的东西断了缘分,它被观看者(我)判断为鸟巢对树的"放弃","一定是得到某种启示",这种略带神秘主义的判断,来自一个诗人"超然物外"的凝思。《拉车》中少年时代与母亲拉车

"挽救了车子与母亲"的少不更事,与"这一次""我只能/一次次不情愿地,把头压下来"的成年精神负重做了鲜明比对;《剪纸》中作为细腻手艺的"剪纸"和粗犷工作的"砍伐树木"进行意象互渗;《海那安详的睡眠》中如婴儿般"去意已决"的海跟如船将海拉回来的人类之比较,以展现天意与人为的差异;《紫菜》中兼具"轻柔"和"汹涌"脾性的紫菜彰显平凡中的伟大;《烽火台》中传递"敌情"的烽火台可能也在传递"爱情"的火热;《黑暗书》所述光明的谎言与黑暗的真实揭示了黑白颠倒的世界。这些作品都在巧妙借助意象的二元对立,表达诗人对人生、对世界富含哲理的沉思。

长兴笔迹所至,凡土地、大海、乡村、城市、山村、落日,都沾染有饱满的诗情。他的诗歌主情,乡情、亲情、爱情常不经意流溢于字里行间。《红袋子》中,"他""从车窗递进来"盛着新鲜蔬菜的"红色的塑料袋""藏着不厌其烦的叮咛",而"我"希望通过开快车,"让沉重的爱,轻一点,再轻一点",把拳拳而朴素的父子之爱写得令人动容。

作为从乡土走出来的诗人,长兴一方面回眸于泥土的芬芳,另一方面又对泥土加以反思。《墙上犁》一诗中,诗人极尽反讽与诙谐,笑指农人努力把自己活成城市人的样子,竭力说城里话却不慎露出了乡音:"像儿时露出的衣角/塞回去,又跑出来。"《紫帽山》中把这座山形容成一味疗心的中药,进城的人无论怎样洗心革面,即使用

"一百颗心","该放的没有放下,不该放的/却落在山间",诗对城市化进程中来自乡土的人活成自己的不易做了意味深长的揭示。进了城的长兴,既保持乡村本色,又通过身份的悄然变化,诗性的特别表达,创设了不同寻常的诗意天地。

长兴在诗歌的道路上不带任何功名思想,继续以适宜自己的方式孜孜以求。就像他笔下的紫菜,"只要一小块甜,就会让世界颤抖"(《紫菜》),也像他登临烟墩山,"台风来了,可以在一间木头房子里/找到,山奔向海的归途"(《烟墩山》),只有坚韧的诗性,才可望抵达这样的精神高度。既然已为自己辟下一条叩开缪斯门扉的通途,相信一定会有更美、更有力量的诗意向长兴扑面而来!

是为序。

(作者系集美大学文学院教授,现任中国文学人类学研究会理事、福建省民间文艺家协会副主席、厦门市作家协会副主席等。出版有《初民的宗教与审美迷狂》《红头巾下的村落之谜》《喜马拉雅山地歌谣与仪式——诗歌发生学的个案研究》《闽台民间文学》《明清中国与琉球文学关系考》等专著。在《文艺研究》《民族文学研究》《文艺报》《明清小说研究》《小说评论》《西域研究》《中央民族大学学报》《民族艺术》《民俗研究》等国内重要学术刊物发表百余篇学术论文。)

序二：岁月的反光

吴明哲

　　蔡长兴是一个善于在诗中运用光亮的人。他深知诗歌是一种神圣的梦境，当我们在这种梦境中经过时，失去了光亮的照射，即使醒来，也发现不了原来美是那么的奇幻和新鲜。所以，在诗集《曝日》里，他写出了许多在这方面闪闪发亮的诗句："它们在夜晚歌唱/向黑暗的方向追逐阳光/它们离我们有多远/影子就离我们有多近""那些幽深的洞口/也藏不住/岁月的反光""用心中的水/擦拭整个天空/落下的/全是洁净的幸福的泪滴"……因为有了光亮,有了回环返往的照耀,有了视觉上的全新感应,所以才产生出这些意象和词语的新,才让诗人以更高层次的方式传达出自己的情感。

当然,在《曝日》中,我们读到更多的是对立的冷艳美,是生活的沉郁哲思:"当我们老了/需要一块坚实的落脚/承接突然的收获与失去""乡村的对面已经足够膨胀/只有烈日下的冷/才能冷出水分/冷出空旷/冷出寂寞""庄稼的明天在粮仓/野草的末路在天涯""这个蓬勃的世界/正在被无限放大/我们的心却与它/背道而驰""而更多的时候/操场向黑夜交出了白卷""大地这口碗/是空的/也是满的"。在长兴的诗歌中,视觉、听觉、嗅觉、味觉、触觉全都齐备了,也就等于完成了诗歌中的共感觉即通感。通感,指不同感受器官的感觉相互沟通,形成"象征之林",让诗中的声音、色彩、芳香、触动、味道相互交叉、混合、补充,互相感应,形成某种类似性和某种神秘性的结合,使知觉的审美情趣焕然一新。在此,我只借用了通感的单一概念来阐明长兴诗歌创作在这方面取得的尝试和成功。当然,诗歌中还有许多比通感更重要的东西。但是,长兴并没有因注意方法,而忘记了目的。

千百年来,在闽南,在晋江,这片土地上发生了许多美丽的故事,走出了许多大师级的人物,特别是从贫穷到富裕,从"晋江模式"到"晋江经验"的传扬,使这片土地更加闪耀着夺目的光彩。这里的人们，追求幸福，向往文明，创造神奇，愉快地劳作，热情地生活。所有这些，都给了蔡长兴以丰厚的滋养，促使他拿起笔来，抒写所感所想，表达绿叶对根的情意。

蔡长兴这个从东石海边走出来的汉子，纯朴而又儒雅，朴实的外表之下饱藏着细腻绵长的情感和深邃幽远的思想。因多年的基层工作，他与老百姓有着天然的联系。他生活在他们中间，深切了解他们的喜怒与哀乐，艰难与忧伤，追求与幸福。对家乡的一草一木，他都满含着情感，满含着爱意。而且，他就像一个独步思想者，徜徉其中，用一双泥土洗亮的眼睛，敏锐地观察，透彻看人，透彻看事，在林林总总的生活现象之中，得出自己的所悟，让广大读者一同分享他的爱与憾。

蔡长兴给我送来了他的诗稿，是他从自己的作品中精心选取的另一部分，继他上一部诗集《星天的清响》而来，《曝日》显得更加深邃、更为冷峻，沉甸甸的，让人很是呵护。读完诗稿，一股扑面而来的乡雨村风，让我倍感温馨。无论是春雨芳草，还是松立风飘；无论是追忆童年，还是秋月独赏，还有作品中随处可见的那些乡村化的微笑，无不深深地打动着我。

从整体上讲，长兴的这本诗集写得大气、开放、自由、生新，应该是成功之作。具体表现在：意境完整，情感可靠；抒情流畅，少有阻隔；语言独特，思想不俗。尤其可贵的是他没有忽略时代环境和生活气息的存在,读来不会感到虚无高蹈。当然,诗集中有些地方显得随性,提炼不够,散文化的倾向也让人有白璧微瑕的惋惜。

长兴要我为他这本集子写个序言,我把这看作是与文友们的一次交流。长兴通过《曝日》再次展示了自己的才华,而且上升的潜力和空间都很大。

热爱诗歌,是有才情有眼光的选择。或许诗歌最能接近人的心灵,接近生命的本质。但是,诗歌是一条很拥挤的道路,有着漫长而又艰难的旅程,耐得住寂寞,守得住清苦,保得住一颗平常心,不断地学,不断地悟,不断地读,不断地写,才能提高,才能发展,才能有所成就。

（作者系中国大众文学学会理事、福建省诗词学会副会长）

目录

● ● ● ● 第一辑：日光那苍老的手

曝日

● ● ● ● 第二辑:海那安详的睡眠

曝

日

曝

日

第一辑

日光那苍老的手

曝　日

日光用它苍老的手,以疗伤
习惯在墙角,独自面对苍凉
那落日的脚跟,慢慢靠近的冷
那磨掉外皮的番薯,仅剩的斑点
那露在寒风中的小小的红屁股,敞开的冷

天空中落日的驼背,由热变冷
山谷的上方,正午的炙热
缓缓移动的冷,慢慢缩小的冷

乡村的对面已经足够膨胀,只有烈日下的冷
才能冷出水分,冷出空旷,冷出寂寞
冷出瘦弱的河流和洁白的牛羊
风,轻轻呻吟,落日
用尽了它最后的余温

我调整角度,向着那轮薄暮

然后月光以落日的名义

给予寒冷的慰藉

拉　车

生活中的一些事物，总让人生疼
比如手推车上运载的黄豆、地瓜与汗水
回家时，母亲在车后头，我在前头
我们把身体倾向落日的方向
一条绳子拉紧我和母亲的距离
在半坡中，我们总是一动不动
把对彼此的爱狠狠咬住
总以为，是我体内的洪荒之力一次次
挽救了车子和母亲
直到很久以后
我肩上那条绳子，仍紧紧勒在胸口
这一次，我一个人推着一辆车上坡
面对越来越重的压迫，我只能
一次次不情愿地，把头压下来
我知道，以这样的姿势前进
在母亲看来，也许是一种后退

剪　纸

这些年,我开始学习剪纸

扔掉锋利的剪刀

拿起豁口的斧头

砍斫枝叶的多余

听着风吹过单薄的身体

有了密实的回声

风吹进骨骼的时候

一棵树倒立着

用它的躯体

举着九月单薄的天空

落下的鸟巢

那只乌鸦，在我头顶上
低低地飞过，在这棵树与那棵树之间
来回折返，我从未看见它这样执着
从树下往上看，天空中慢慢
有了，一个神秘的黑影

后来几天，那只乌鸦不再靠近树间
我静静地看着它，越飞越远
它那哭腔的声音，也没有再出现耳边

整整一棵树，也没能托住
这个轻盈的鸟巢，它落下来的模样
比在树上更加随意，它一定是得到某种启示
才毅然决然地，放弃
曾经来过的，这个世间

轮　胎

走过的路
一天又一天的重复
自语的嘴
一年又一年的薄唇
天空的飞鸟
每天有不同的路途
海里的游鱼
自由地张嘴呼吸

我是你的主人
却给你没有未来的方向
你是我的主人
清醒告诉我应该停下

默默把委屈藏在肚子里
也不开口说句话

见过再多男女秘密
也从未松过一口气

不像他们，稍微有点得意
便吐在脸皮的书上
更别说失意，或者委屈

倒 车

小心翼翼地,楼下那辆车

在黑暗中后退

战战兢兢地,前移

有那么一刻卡在那儿,左右为难

唉,它的屁股就要撞上墙壁了

他赶紧地回头望了一眼

仿佛摸了一下前日的旧伤口

它终于快速地退进黑暗里

闪耀的双眸猝然熄了

这时候那个黑溜溜的车库

那么像野外一个孤苦伶仃的坟墓

锄草记

庄稼和野草都有一副相似的面孔
那些高于众人,与生活不同颜色的
它们混迹贫穷当中,却忍不住地抬起头来
于黑夜展露伪装的低调,它们没能躲过闪电的突击
野草,这庄稼的孪生兄弟,如果要说区别
庄稼的明天在粮仓,野草的末路在天涯
我要在它们出发之前,斩断其后路
即使牺牲一些无辜

献血记

伸出手去,并不是想拿回什么
比如这一次,我们多么渴望
能减去些微的轻,而有些人
却只能遗憾地缩回手,然后
低着头离开,难道这两者有甚区别?

你能说一朵花未开,就谢了
它就没有活过?
比如这个冬天,天使们来的时候
雨多下了两天,它就多余了吗?

那些过早离开的花,是多么急切地
想遁入泥土,化作黑夜里的煤
用它的左手,向春天
举起火把

这一天轻轻地

坐在房子的中间,后阳台是朝阳
前阳台是夕阳,阳光慢慢走下来
心里的楼梯,它脚跟轻轻地
风走过来走过去,一天轻轻地
没有开始,也没有结束
这一页日历,它的翻动轻轻地
掩上门,没有回头
起身轻轻地

日 历

翻着翻着

就跳过了好几页

生活中出现了一个空档

绞尽脑汁地寻找

发现一个个酒瓶的墙角

假如日历能填回去

那酒瓶就不会空了

从一到三百六十五

只有空的瓶子在回响

现在，我要把它们逐个填满

做一个掩耳盗铃的人

装作什么事也没有发生

一个夜晚

满满的一缸水
一直压在胸口
活塞的嘴越来越干瘪
渐渐吐不出一口完整的气
留不住的水,一滴,一滴
掉落。夜晚,他细数着身体里
倒下的,一根根骨头

黑　灯

　　倒数第三的路灯上

　　里面两个点黑着，也不是空

　　它尽职地生活在这个城市

　　和其他人一样，每当太阳落下后

　　它便开始俯视生活，自从它黑了以后

　　人们就绕过它，这样的空不是天空的空

　　是被许多脚踢开的空，是被许多光明抢走的空

　　光明的空和黑暗的空毕竟不大一样

　　这样的空，有人不以为意，有人很在意

呓 语

雨水不来,秋潭的嘴干裂

今夜的泪,困于明日的星辰

山峰像一个酒壶,倒卧在大地怀中

一年年,把孤独和贫穷喂养

我终于听见,山风的耳鸣和闪电的幻觉

草依旧青翠,不敢枯黄

母亲倚锄而立,留下拒绝衰老的那些草

她轻轻地把发丝拢在耳边,月光下的少女

转过半个侧脸,呓语,一直没有停止

所 见

恰到好处的夜色和害羞的垂柳
是件不需要伪装色的衣服
你看大地的草在微微点头
是不是这样温暖的交流许久没有
心无旁骛表达对大地的爱慕
身体轻轻飘起来，脚步慢慢往下落
曾经走过这些孤独的草与树
从来没有感受过，一个女孩
投来欲言又止的羞赧

车 站

你来的时候在寒冬,我把手放在你的口袋里
汽车摇摇晃晃,像你家门前的那条小路
你猛地靠过来,我伸出手——赶忙扶住
你身体的暖气,任由这栏杆吸走

嗯⋯⋯我还是喜欢,你寒冬里来
那一件大衣,可以掩盖
许多说不出口的秘密
我也可以借口,到你家门口的
汽车站——接你

到了这七夕,夏天全是冷气
那条小路已经封闭,冬天的汽车站
也移到了夏天的动车站,我站在那里
空着双手,不知把它放在哪个口袋里

锁

儿时的家没有锁

锁里也没有忧愁

那挂在门上的

是一声声问候

我看到你紧闭的双眼

蜷缩的身体别向暗处

就像放在窗棂的那把锁

独自面对寂寞

当月光从房门闯过

你的脚步如闲花掉落

阳光下没有门的锁

像你的双鬓里藏着的粉嫩耳朵

摸黑记

熟练地进入一条,突然陌生的路
黑暗的陷落淹过头部
身体的手脚回归给婴儿
迈一个步等同游一里路

突然想大喝一声
震慑四周黑暗的帷幕
溜出嘴边的却是抖抖的嗫嚅
赶紧用手去探路
直线的愿望,曲线的表达

一只小猫轻轻踱步
眼睛里的幽光
是战栗的梅花
风中摇曳的烛火

黑暗书

没有开灯,房间依然是亮的
屋子前后的灯光,用光明的名义
抢走了黑夜,客厅里,曾经熟悉的事物
已经远离,在越来越大的空虚里
只剩下自己,当灯光再一次降临
所有的事物,重新呈现它原来的面目
只有我在耀眼的光芒下,找不到自己

树　桩

这么小的一根树桩,对它年轻的死
充满愧意,它在心里发芽
内心开出茂盛的枝叶,风就狂舞
悲伤的时候让叶子枯黄,飘下时轻轻地
自由的洒脱,拒绝了再一次的选择

操场那么空

经过许久的空白，这里才落下几个字
已经在长椅上许久，像一根生锈的钢笔
把一肚子墨水干涸在自己的小池塘
整个夜晚，灯光映射的操场
只有几个飞奔的姿势，掠过这片白
把黑夜的空搅得惊惶失措，而后
静静等待铃声，把眼前的空填满
一张写满字的试卷，总是让人心安
而更多时候，操场向黑夜交出了白卷

一滴墨水在纸上

这年头,橡胶的笔肚失去了往日的弹性
那一刻,它忍不住泄了委屈……
苍白的纸上,落下的黑色眼泪似一块陨石
巨大的黑压在我们的胸口上
在通往春天的道路上,我们用笔不停地清扫积雪
寻找已经模糊的出路,现在
这掉落在半路上的黑,准确堵住刚刚打开的出口

青春的信用卡

还没年轻的时候，就消费年轻的青春

在一场漫天的大雪中，迷失了方向

把虚无的幻境当成绚丽的远方，一路奔跑

身体的轻快掩盖岁月的沉重，直到路的逼仄处

脚步陷在淤泥里，一条单行道，越走越窄

青春越来越渺小，把自己交给这个雪白的世界

擦不去的污泥，小了一号的衣服

青春的信用卡，无法偿还的尴尬

地瓜志

和死亡相反
地瓜是从坟墓里出生的
它把自己埋起来
在出生前,先适应死亡
或许是参透了生死,医书说,地瓜
是死亡的克星,城里的人最喜欢
农村的人,不管书上的道理
他们活着像地瓜,死了
也像地瓜

伪　装

似与不似,总是自然地流露
一只野猫,常常临幸午后食堂
占领饭后的领地,在这个高大的殿堂
享受流水的宴席,甚至学着圈地为王
在空荡荡的桌腿穿梭巡视,它们学会了
对事物的控制,对入侵者竖起皮毛
它们的呼喝,出卖了贫穷的伪装
在与家猫的较量中,输在一块残渣上

一个字的问候

一块石子扔进微信的洪流
我没有回答，任它熄了
乘着语言的轻舟，随波逐流
没有方向

"在"——对面岸上
涌动的人群中，星星眨了下
眼睛，在暗自注视着
匆忙的河流

直到鲜花和玫瑰，渐渐凋落
宽阔的河面礁石裸露，那点星光
已比我早一步到达，在拥挤的
天空下，等我

心 窗

许多年了
他慢慢把朝窗的脸
转向暗处
睡着的手仍没放松帘布
仿佛逃进来的一缕光
便可以将他惊醒
生活的许多窗子
慢慢合上了
这个蓬勃的世界
正在被无限放大
我们的心却与它
背道而驰

同　类

村子里的一些事物与我们不同
比如蟋蟀、土拨鼠,总向往地下
它们在夜晚歌唱,向黑暗的方向追逐阳光
它们离我们有多远,影子就离我们有多近
现在,已经很难再见它们的身影了
那些幽深的洞口,也藏不住
岁月的反光

归　宿

草原是草的归宿，家乡是家的归宿

碗厨却不是碗的归宿，一个碗

如果放在博物馆供人瞻仰，那是

让人一饱眼球，而不是为了果腹

如果颠沛流离，那是对自由的乞求

捧着不放的，金银铜铁

最后都化成泥土

大地这口碗，是空的

也是满的

容 颜

在云南

所有的水守贞如兰

佛塔，田园，河畔

都倒映在这一湾清水中

每一朵花都有你的倩影

然而，你在哪里？

泼水节满满的一瓢水

怎敌得过你转身时的泪水

当我用尽洪荒之力

把它洒向空中

为的是寻找

你心碎的容颜

空空的天，空空的地

闽南的山间，麻雀们形影不离

刚收的小米地，一片乌云掉落的阴影里

两个老人扶着那犁，时刻保持相等的距离

偶尔低头捡起那米粒，深秋的早晨来不及休息

吐出的白气也马上消散在夕阳里，那些麻雀们

高高低低地离去，当他们从地里走下来

空空的天，面对着空空的地

红袋子

对于我的农村,一些事物显得越来越重
当那个红色的塑料袋从车窗递进来
那双粗糙的手,提着的蔬菜有着久违的青翠
他习惯地拍拍我的车屁股,然后背着手
缓缓地往回走,那时,暮色就暗了下来
家里有很多这样的红袋子,它皱巴巴的样子
每一层,都藏着不厌其烦的叮咛,那时
我的车总开得很快,只有快一点
才能让沉重的爱,轻一点,再轻一点

仙人掌

它们长在一个碗里,深腹,敞口
许多年,委屈慢慢地溢出碗口
长成柔软的草,有些沉了下去
它心中的隐忍常常被人忽略
只看见它凶狠的刺,然后
远远地躲开,就这样
老家的仙人掌,比人高
而城市的那棵已枯萎

锄 禾

一棵禾苗,不知它的前世与来生
它那样站着,骨骼还在地里生长
它的稚嫩是无声的,风吹过
摇摇晃晃,当它歪歪扭扭地落下
大地用它的温暖以哭泣
它的委屈是向下生长的
阳光在上,春日里
锄头狠狠举起
轻轻落下

地瓜藤

它的爪子紧抓着地面,指甲揿进地里
我帮它翻身的时候得轻抬它的头
然后迅捷地拉开分布的根茎
它的别名也叫番薯,据说经过太平洋
来到这里时,年代已不详
过年的时候,我们燃烧一团风干的薯藤
然后从它熊熊的火焰上跳过去
我听见哗哗剥剥的呼声,仿佛是南洋的亲人
说着闽南腔调的外语,它会不会错把抓着的土地
认作故乡

房顶的竹子

竹子的脚抬到了空中，它仍然忙碌地生活着
它甚至更快地生成，比地面的竹子更接近天空
它用芭蕾的舞姿开始一天，努力地表达渴望
不错过每一次风雨的降临，它竟然垂下手来
不执着于倔强的坚强，做一个滴水的观音
它只有放弃这种虚空的生存，回到人间
才能重新站立

菜市场的小麻雀

铁棚撑起一个菜市场,低于高耸的小区
散落的菜叶和肉末色香诱人
那些小麻雀飞进来的时候
目睹一只鸽子被提出笼子
扑打的翅膀渴望突破顶棚
刀落下时,它们齐刷刷飞起
落在细细的铁梁上
它们站成哀伤的音符
铁棚上的这首五线谱
适合低沉的男中音演唱

误　解

白露，大雨滂沱

老家檐下，靠外的那个角落

那株仙人掌碗口粗了，二十年前

我从母亲的锄头下，抢救下它

在靠近雨滴的地方，兀自开花

当长到一人高时，它的孤独，已经不是

植物的孤独。收起身上的刺儿，伸出柔软的手

人们还是习惯地躲开它，只有我明白它的突起

是渴望拥抱，而人们总误解为搏斗

下池塘

松山在上,池塘在下
松山在村北,池塘在村南
我们围坐在中间,抬头可见星空万里
说番薯腔,抓一把青草当手纸
村庄的事物完美无瑕

在秋天,就往山上爬,在百年的松树上听残蝉
看一只戴胜鸟讲述孤独的快乐
春天的池塘,雨水漫长,我和她用戽斗
把水挑上歪歪的稻田

在不停的弯腰中
万物也压低了说话的声音
如果谁敢高声叫喊
池塘就用幽深的眼神凝视它

土地庙

低于人间,高于尘土

三岔路口,居中

不把身姿露出,它的屋檐

刚及我们的脖颈

庙门迎来草尖上的风

门楣上低调的深情

眼微阖

不学白鹤高飞

也不转身离去

没有木鱼和经卷

只把地皮翻了又翻

最后连庙也舍弃

寻找词

半夜,找不到母语
词,低低地吼,火车在黑夜里奔跑
却不曾到达,我们在语言的轨道上
沿着过去行走,不确定的未来
扎脚的疼

月光与夜色交合、分离,而风
时间的动词,挑动——
让它们从娴静的名词,嬗变成
两头生气的羊,一个词和另一个词
互相较劲,黑和白,昼与夜
也变动不居

当它从嘴里说出,会有轻盈的翅膀
草一样顽强的生命,如果是黑暗中飞来的
匕首——接不住的一道道伤口。而劳作

可以结成一个个厚重的茧,抵御丛生的刺

哪怕一次次,把自己划伤

第二辑

海那安详的睡眠

海那安详的睡眠……

第一次看见海,在东石的老家
那浩渺的一湾已足够盛大,它婴儿的睡眠
如此安详,我看着它一直翻滚着柔软的身体
白鸥飞过的时候轻轻地,找不到合适的地方落脚
海不知道该往哪里去,一次次把离开的船拉回来

有一次,我感觉海一定很累了,离我们越来越远了
船一次次力图把它追回来,显然它的去意已决
我知道,它不能忍受长久的失眠,不能像船
睡得越来越晚,醒得越来越早,不能忍受
如此众多的打扰,海始终不能

船不知道,一个安详的睡眠
对海是多么重要

月光落到大海上

纷纷扬扬,银色的花朵

开满大海,随着波涛

奔跑,它那么努力地融入海里

一次次从浪尖的悬崖,跳下

海水一次又一次把它吐出来

决绝地怒喝

在变幻莫测的风浪

月光不得不狠心地,掐掉

那一点点温柔的梦想

烽火台

每天都到山上走一走，看海水是不是靠近自己一点
仍旧会写一封书信，只是没有狼烟可以寄送
那就口占一绝，捻断三根草茎

山上的动物都走了，只有蚂蚁还记得它的入口
沿着四壁爬上烽火台，海水就拥过来
那么多的信被白鸥收走，现在才送回来

豪迈的边塞诗已经掉了色，三根草茎还活着
它们不开花，也不结果。还说
海水凶起来的样子，姑娘一般漂亮

烟墩山

靠近海边，喜欢往低处走
想上山，就找不到路口
其实也不需要路口，水流下来的地方
都是抬脚处

在海边爬山，走湿的布鞋不要介意
要学会听风与雨的安排
风来就摊开双臂，雨来不要打伞
台风来了更好，可以在一间木头房子里
找到，山奔向海的归途

鱼 刺

鱼,绵柔的身体内含敌意
当我们攻城略地,在那入口即化的
快感中,欣赏玫瑰的花朵
掩藏在花茎下的刺,给予贪婪
严重的警示,空洞的呐喊是无用的
就算挥舞了半天的力气,也无法卸除
鱼刺对咽喉的爱意

谎　言

不要相信落日

那雄浑的誓言，就算掉落

也带着金色的余晖

过于执着温暖，难免会被寒冷覆盖

翻出内心的盐

逐渐沉重的夜色里，停下追逐的脚步

应该相信大海

即使退去，也将它的心

向礁石袒露

礁 石

在海边，高出海平面一百米便可称山为王
俯视粼粼波光，杀机隐隐
六宫在水上摇曳
苍茫。海中之雾乃是神秘宫殿纬帐
被众多海神追逐。山溃败
只带一身刀劈斧削的嶙峋，骨质疏松
众爱远离。海风伴奏
天天唱归去来

收获与失去

海伸出双手，追逐我的脚趾
它抽空了我的世界
坍塌的美糊里糊涂

海翻出舌尖，亲吻我的脸颊
在它退去的沙滩上
千疮百孔已被抚平

望着你邈远的身影，我站上高高的岩石
当我们老了，需要一块坚实的落脚
承接突然的收获与失去

海的边沿

打开世界地图,那些散落的不规则石块
潮湿、寂寞。它们牵扯着,互相推挤、摩擦
或许是因为海水吧,没有走火

我从海边的高处往下看,房屋勾肩搭背
共享一片海一样的天,那些石头穿梭
在窄窄的巷子里,是怎样的咬合纠缠
鱼鳞的身子,游走在海的边沿

船总是在夜晚靠岸,光滑的石头小街上
鱼的游动没有声音,它在水里挣扎的时候
海面依然壮阔无垠

海边徘徊

总是会选一个最高点,站立
这样便会胸怀大海,手握无垠
我一直这样徘徊,不断测量
海与天的距离

这样的地点并不容易确定,鸟飞翔的时候
也不知道海面哪儿高哪儿低
倒是天蓝的时候、天阴的时候
海就有了起伏与生气

偏偏大多数时候,海的眼里是没有天的
这样,站得再高,海也不会多出一平米
但当掉落海里,你慌乱地抓不住海的衣角
才醒悟看海的最高点应该在它的深处

紫　菜

人们看到蔚蓝的汹涌,一阵阵的快感
谁知道,它把淡淡的忧愁,慢慢积压
成为黑色的忧郁,轻柔得感觉不到
它的存在,轻柔的黑色诱惑
经过阳光的曝晒,浓缩成
小小的快乐,其实只要一小块
甜,就会让世界颤抖

那瞌睡的海面

遗弃的小船昏迷在湾角
渐渐褪去血性的颜色
淡淡的惨白也不再刺眼
风已经习惯了往回吹
海里的鱼也学会了沉默
不打招呼,不使眼色
往哪游来,就往哪游回去
偶尔还会停下来
仿佛在等红绿灯
风啊,打着哈欠
吹过寂寥的海面

码　头

码头其实是最寂寞的
在礁石上,随手都可以摸到它张开的嘴
而风说出的话算谁的?
海也是,折腾来折腾去,无语的一夜
海鸟叫声尖锐,更像是某一个女人的呻吟
一艘船归来,把海切割成两半,却又扑棱棱地抱在
　　一起
它们静静地抱着,竟然是为了那一刻
粉身碎骨的、寂寞的咆哮

海 路

生活在海的脚边

以前这里的人

很少往外跑

近几年不一样了

问了原因

都说

路修得太好

沙　滩

潮声一次次温柔地跪伏
那一条天际线,海的泪痕
轻轻消失于前方,哭泣的声音
在海底堙没

疼痛没有沉淀,它走向沙滩的明天
它冲上岸,又退回来
今天,那些气泡一上岸就碎了
它梦中的坚强
相当于云朵的柔软

看 海

做梦都想来海边旅游的人
总以为,这儿的女孩最漂亮
只有短裙和光脚
他们来了才知道
眼前的大海,漂亮得
没穿一点点衣裳

雨　季

年岁有四季

我的农村独多出一季

那是满满的一个雨季

在四月,农村的雨是从地面向天上飞的

这一天,我们学泼水的人们双手合十

先更衣后沐浴,心怀虔敬与激情

用心中的水,擦拭整个天空

落下的,全是洁净的幸福的泪滴

环海路

清晨,围头的金沙湾、月亮湾从左手边拂过脸颊
那时它们用淡蓝的声音,说阳光明媚,说万里无云
夜晚,围头的月亮湾、金沙湾从右边拉扯住我
它们借风车的转动,说黑夜来临,说孤枕难眠

我不知道,那么多的人,他们与潮水有没有约定
假如是一个人,他的出现,或许刚刚好
现在每天几拨人,占据海的清晨与黄昏
海不得不,来得越来越迟,去得越来越早

七夕围头

她说,这里的以前到处是炮弹,没有人信
她说,村里的姑娘,天天对着村边的海水梳妆
没有人信,她指着对面说,那个男人看见了她
在海中的影子,相约七月七日,也在海上搭
一座桥,这个过时的传说,更没人当回事
又一年七夕,她们一家三口从对面应邀而来
所有的疑问,都有了肯定的答案
海浪涌起的时候,金门呐喊
围头的呻吟,声声漫

月亮湾

人群中的海

沸腾的幻想与冲动

年轻的脚步，迷乱的眼神

我们总以为这一湾太小

直到看见海底的礁石，冷冷的沉默与对峙

你熄火的玫瑰，沉积为心的深邃

苦涩的海水一望无垠，月亮湾

用年轻的歌唱，变幻出天空的蔚蓝与幽暗

你的甜蜜如此旷远，你的忧愁如此深沉

你看似浅浅的一湾，分割了天空与海洋

我们那年轻的呼喊，换来绵长又细软的绝望

东石港

一

海洋的潮儿躲进
石井凤尖山与东石寨膝下
一面柔波暖了两峰的心
你不拘的性格,荡漾
荡漾着灯光的摇曳
船,张起了帆

二

船桅上的旗子挥一挥手
满载着一船离别的心情
开始一段摇晃的生活
陌生的海域充满生存者的希冀

也错把天上的星辉当作海湾的灯火

无数的船走过没有痕迹的路

因而行船的人大多选择沉默

只有看见熟悉的码头

才会忍不住喊出那声

憋屈已久的心声

呜——

三

当牡蛎壳刺痛我的脚掌

远古的亲人皱紧眉头

一次次地往返在码头与船舱之间

中间只是一只晃晃悠悠的木板

堆积如山的牡蛎

开始摇晃在商埠与人家

掏空之后的牡蛎壳依旧回到这里

无法割舍的人生故家

空心的壳响着风的壮歌

抚摸在黝黑又发亮的滩涂上

它用内心的柔软紧紧把我吸附

反复说着纠心的软语

"留下，留下"

四

一张招募代驾的隋朝使令
把我们的目光引向那海中的孤岛
前进并非是离别
远方的夷洲何尝不是我们的家
荡漾在巨大的海峡波浪里
哦,台湾
闪耀着五彩的光芒

五

一旦敞开胸膛
再大的风浪也不能阻挡
只要给我一只桨
就能一步步跨上异土他乡
用丝绸交换柔软的心
用闪亮的瓷搅动你的心潮
用茶香吸引不同肤色的姑娘
不用郑成功的千艘的战船
也要收取万枚的芳心

六

不论身处何方

我的目光总朝向这个温柔的海湾

五马江仍旧照耀着你的波心

因着不拘的基因

请原谅我悄悄的别离

怎能忘记这个响亮的乳名

东石港

每一次的高声或低语

她都会闪现丝绸般的柔光

东石寨

郑成功的水师在此出征
驱逐荷夷于台湾
江边侧出的那一簇巨石
昂首的姿势保持着战马的呼喝
粼粼的波光
兵戈在荒乱的战场交错
进军的号角再次吹响
迎来的却是收获的钢船
跳动的光点带来的不再是痛感
那是鱼儿刚刚上岸
战歌鼓舞的一群儿童
要把石头上的"丹心"刻在心头
他们攥紧的拳头
有着士兵出征的执着

夜　空

飞机载着各种欢叫进入这一片除夕的夜空
地下的烟火一次次跳上来,用尽生命的全部
那些落下去的灰烬,在无可奈何中转头
它们在幻想的高空中,集体消隐
自由的落体,没有人看见
在距离海面万米的地方
飞机的轰鸣消弭于巨大的
黑夜,它嗡嗡的呐喊
像是被海水捂住的嘴巴
只留下身体的颤动
在万米的高空
进退两难

海中涅槃

橡树的泪水自凌晨开始
一点点滴落，一颗颗透明的乳胶
执着，冰冷

当看到这些透明的胶体
人们的眼里，总是燃起热情的火焰
而她的泪藏着一个，自己的海洋

在太平洋的中心，她头戴皇冠
转身，抛眼，看潮水一浪高过一浪
无所顾忌，在挣扎中享受快乐

哗哗的潮水退去，就像没有来过
她裸露在水中央，全身依旧冰冷
苦涩的海水一次次冲决，她的堤岸

那么多的海水由蓝变黑
越来越多的水抱住她
围困那一眼望穿的苍白

炭火冰冷,凤凰展开最后的羽翼
七彩的光芒,淹没生命的
黑暗

石头房子

从土坯房里抽离出来,地下的石头倒悬
海边多风,这样沉重的姿势适合
从地下的岩层里,长出筋骨的身躯

低头劳动的人,脸上的表情不易察觉
石头房子没有鲜艳的色彩,白得孤单
但是它的坚强,让人泪滴

许多房子倒下就倒下了,只有它
重新回到地下的模样,排列整齐
我知道,这些白色的骨头随时准备站立

残　荷

终于不再垂死于挣扎

平静地走向天空的辽远

躯体交由水托付,轻轻地摆动

昨日妖娆。梦中,前世的十亩方塘

绿色小鞋,匆匆忙忙

向上,展开的荷叶似经卷

闪耀智慧光芒:逃离,或飞翔

十亩方塘熬煮的中药,疗救腐败的灵魂

伸出手指,水又晃动了一下

说出又吞回去的那句话,明年开春才能听见

渔　船

那年出海,你划桨
我坐在船尾数渔网
撒网的时候,我晃了一下
像那条躲过一劫的鱼

今年出海,我掌舵
你坐在旧渔船上晒太阳
看着波纹晃动,你咯噔一下
像一条被时光捕获的鱼

船入港的时候,你蹲在
礁石上,猛地又站起来
把夕阳的余晖撞得
东倒西歪

渔　网

可以说,星光灿烂

也可以说,千疮百孔

这不仅仅取决于,向上看

或向下看的角度,也可能是

你的心里,早已布满,忧伤的渔网

光明之靴

——致泉州女人

轻轻落下的,不是雪花
一只鞋子,从中原开始
离开雪的故乡
奔赴东方的那一片蓝

省略旅途的艰辛,抹开灰沉的乌云
一路向东、偏南,仿佛划出一条光
看,光的天际线,停在了海的脚跟
鞋子里藏着的,是西晋的泪,东海的盐

和盔甲不同,靴子以柔软显示执着和坚强

它穿过戴云的山,挑起崇武的水

它独守城中一隅,目送男人们漂洋、过海

它走出来又是开放的、摄人眼球的,满载着世界

　　朋友的爱和赞赏

自宋以降,你的低调是婉约的、不容易的

一条小巷、一尖燕脊、一口小吃

展现的是宋朝的身段、大唐的仪姿

现在,满街都是你新新的脚印,压在昔日的芳华上

芳香的,华美的,只是你的一个侧影

那意味深长的,是你斜倚西街的向上伸展的眼

你要透过那青云,看阳光落在这小街、这古寺、

　　这壁岩

落在你悠长缓慢的脚步里,一步步,数出,这蓝、

　　这轻盈、这低调的柔情

你轻轻地,落下,无声地出现,寂寂地向前

正如我们不说出这座城市的名字

不说出这爱,这情,这繁华、这向往

看,满街的落红簇拥着你——

第三辑

出砖入石的小城

出砖入石

等。静静地一动不动
我用酡红容颜,你用冷面热心
挺出的那一寸,为拒绝衰老
等你。在风雨中,在斜阳下
看时间一点点侵入肌肤,看容颜斑驳
日光在脸上凹凸跳跃
我们的心多么平静啊
脸上的皱纹就要贴在一起了
痛苦一旦同步,便是永恒

紫帽山

紫帽山，岁月熬煮的一味中药
微苦。治疗时，需从山脚，一步步跪拜
把一百颗心，还给青草，还给碑石，还给
仙鹤与孤云。一步步采集，树叶上的露水
林间云雾，做药引。一碗溪水煮五分
在云间的山顶上，没有地方可以落笔
写诗更显得多余，关于剂量
重者一日三帖，轻者一周一帖
贪快者试图把整座山饮下，然后带回
满山的绿树与白云。然而，几天就枯了
究其原因，该放的没有放下，不该放的
却落在山间。谁能装下一百颗心？

紫帽榕

近处,一场迁徙缓缓展开
远处,一列高铁的列车正在驶来
声势浩大的疏散,每天上演
而紫星村高处的榕,犹如北斗七星
紧紧抓住地下的泥土,我的手顺着它冰凉的根
抚摸紫帽的每一寸皮肤,那原始的石头
四处奔走的血脉,那湿润的河流——
哦,它苍老的脸上挂着的泪痕
想到一个个家的不舍与默契,它用榕树的手
抱住紫湖、塘头、园坂……
七个村的岩石都裂开了,仍不松手
榕树的上方,人间越来越高
接近白云和山峦……

蔡其矫的济阳楼

炮仗花燃放的小楼
只有一个明亮的季节
　　　　——济阳

这个长达一百年的季节
有德国钢筋的坚硬性格
那年轻的骨骼漂洋过海
把园坂当作一生的坐标

在这个长满花海的季节
处处绽放自由的渴望
五颜六色的呼喊
高原与海洋的身影
最难忘翻滚不息的波浪

波浪汇聚的声音

都是诗歌的吟唱
每一次的归航
轻诉的南曲
喧闹的海湾
时时飘荡在小楼

一百年的季节里
济阳楼终年被绿色的阳光照耀
它的心多么向往光明
就是在黑暗的夜晚
也要向天井的上空
投以热烈的眺望

园坂枯榕

在古墙围护的旮旯
犄角挺出屋顶上
没有椭圆的一片树叶绿着
却依然蓬勃青春的生命

根须已然空悬
风拂过
如一个老人
捋着曾经的长髯

雨落在草丛的卵石里
像婴儿的眼泪滚动
重生的喜悦洒满星空
如一颗颗赞美的诗心
涌动

黎明的夜晚

诗一点点透出嫩绿

不再生长自己的枝叶

却为他人撑着长篙

引向诗歌的深处

花园在花海里流浪

摇荡,大海在疾速地奔跑

浪花在开放

沉默的海洋

海底里发出巨响

呐喊,海浪的声音遮蔽了天空

所有的脚步都是浪花在飞翔

年轻的水手的心

不肯靠岸的流浪

整个花园都在花海里流浪

嘤嘤的自语

一个人的流浪

在花间

苦的行囊都是甜蜜的蜂巢

夜晚的浓烈的暗香

桂花的诗篇,开放

一首首的诗篇
一朵朵的吟唱
花园在花海里流浪
浓郁的歌声翻滚着波浪

蝴蝶的思量

没有一种姿态这样独特

摇摇晃晃

曲曲折折

思绪起起落落

难以画出一条平直的路线

在蔡其矫的墓园里

白色的羽衣抖动

眼前看到的尽是飘飞的雪花

心里蒙上一层苦涩的盐

一整片海洋的盐

那是一个人

面对落日的悲伤

什么都不说

来来回回折返

像是一句话

到了嘴边又吞下

怕说出了就失去了分量

删去一行行冗长的诗句

并非故弄玄虚

能用语言表达的

都不值得留恋

停在花蕊上

并非为了爱慕

既然花打开了心房

互相倾诉又何妨

这个狭小的花园已是如此繁华

有限的生命

装不下它

不必想红肥绿瘦

在鲜花和泥土之间

慢慢地飞翔

细细地思量

刺桐花

红色的火焰鼓动着雷雷的声响
南方的热情燃烧在薄薄的天空
一团团的火焰
从天空照亮到地上
灼热的温度
瞬间点燃这个料峭的早春

刺桐花的火焰跳动在她的心头
温暖而热烈的亚热带季风
烟雾朦胧的海岸、沙滩
热腾腾的沙漠
没有人可以抵挡的热情的火焰

燃烧吧
冰冷的寒夜
潮湿的漫长的雨季

寂寞的干冷发出的颤抖

侵入体内的一袭阴冷

哦，家乡的刺桐花的灰烬

冰凉的失败不可避免

熊熊燃烧的火焰

永远是闽南的热烈如火的刺桐花

檗谷山庄

你透着朦胧的暮色静静地睡着
同样睡着的芙蓉低低地望着水中月牙
月牙撒下一层薄纱,罩住
这两万平方的神秘的脸庞
摇篮曲中,你一睡数百年

几乎遗忘你的名字
在这乔木放肆生长的郊外
黄檗,默默的枝干伸向天空
轻轻敲响你健壮的骨骼
传来的是内心的坚韧,甚至可以触摸
哦,触摸你犹如在刀锋的石刻线上行走

那些转折,分明是历史时刻的彷徨
那把楠木椅子上的抓痕
是你彷徨之后的毅然抉择

那些凹凸,船在风浪中的拼搏
都化为你额头的一道皱纹
胸中的一池微澜

布谷,昼夜啼叫
这近海的山庄,燥热的海浪
朦胧的面纱,神秘的脸庞
你呈现给人的是一种
平静的收获

晋江瓷

迁移,贴近地面的飞翔

候鸟跨过半个地球,寻找另一个季节

天空飞过的黑影,一如云朵被阳光遮蔽

这些沉重的黑,它缓慢地移动

是闪亮的线条,划出的生命延伸线

生命在这两端徘徊,得轻轻拿捏

晋人南渡时没有翅膀,也无法借助流动的舟楫

飞翔,就是一寸寸地挪移,在赤的黄的黑的

土地上写下:陈、王、蔡、钱、黄……

挖一个洞,搭一个棚,刻下迁徙路线图

等烽火的日子过去,沿着印迹回到出发的地方

鱼溯游把卵产在水的源头,那是生命原点

晋人出发抓一把泥,却在路途上颠簸散尽

兴许是哪一个智慧的念头,不经意,泥

在火中涅槃,坚毅、耀眼,有了这光
晋人如举熊熊火把,穿过两晋以降的所有王朝

晋人沿江而居,此地便为晋江
霞行—岭山—八仙山—思母山
打开原始社会的四个遗迹,新石器的先民
手捧石锛、石斧、陶罐,面朝青天
似乎是有了预先的约定,即使是粉身碎骨的模样
也一眼认出亲爱的你

青花、茶绿、秋水,这些接近故乡的水彩
流淌着我们的血脉,用双手还原一个个生活的
  表情:
鼓腹的缸、扁平的盘、低浅的盏、束腰的壶……
它们让一个暗淡的家焕发出温情的光芒
抚摸着它的纹路,在昏暗的油灯下
细细辨认那坎坷的南迁路

这些高贵的光芒,施以海洋的流波
登上中亚南亚欧洲的婚床
流畅的身材,温润的气息,吐气如兰
高鼻卷发的蓝眼睛,纷纷屏住了呼吸
体内的欲望如火山喷发

它们用藏身海底的方式,标记路程

如同晋人南迁留下的炭火,血和泪搅拌的泥

南迁路、海丝路,冷却的外表和灼热的内心

中华大地的子民,晋江岭土上幻化的青花

她的名字叫——晋江瓷——飞翔的身姿

不再贴近地面,而是与大海的波浪紧紧相拥

苍天厚土

一

鸟,飞过菩提树的天空
和平的白云飘过
悠闲,城市的人手捧玉兰花
浓郁的花香弥漫在晋江

当年,炮弹也飞过这个天空
百万只火鸟俯冲向金门岛
肩挑手提的晋江人
永远是军队的厚土钢墙

二

"八二三"成了游人的战地公园

菜刀闪着弹片的光芒返回家中厨房

海上的硝烟成了新娘纱巾

面向围头和金门新人拜了天堂

她们对着礁石说悄悄话

用纸船寄送情书

你礁石般默默地站立

才有海峡两岸的安详家园

三

正如天空与大地

相拥相生浑然一体

融洽的榜样在全国已连续数年

彼此的心声始终如一

我用加法为你搭架

你用减法守护一方

地越积越厚,天越减越高

加减的空间坚定城市发展的信念

抚恤标准每年增加两三成

扶持军属创业每年增加两位数

每一次加上的数字像那三代人的拥军志
写满土地对天空迷彩般的承诺

减法是抢险救灾
减法是扶贫济困
伸出一双厚实的手就减少一个贫困的愁容
数十次的紧急出动减少万人的生命危险

四

天空为屏障,驻地为故乡
天地的交融犹如乘法
它的数值就是:神圣不可侵犯的
天空、海洋、土地和人民……

如果非得用上除法
四面的导弹、军舰、战机和亿万人的爱国火焰
足以把来犯者、越界者、肇事者、执迷不悟者
除去——灰飞烟灭

农耕馆

在这个挂了锁的民居里，遇到我们前世的青春
它们正在水田和山地里，汗流浃背
那时的青春，不像现在这般盛大，随处可见
它很羞涩，把自己隐藏在草丛里、麦穗尖
它活泼得像草虾一样蹦蹦跳跳，它忧伤的时候
很萌很可爱，傻傻地发呆，经常被自己的镰刀
割伤，划出长长的口子
冬天，它们的腐败气息都散发出
青草的模样，不屈服于自己的命运
现在，落日把它们带到这里
在煤油的灯光下，黄昏准时降临
在一日又一日的赋闲后，听见它们
轻轻的叹息，那隐约的骨质疏松
它们在挣扎中老去，像河床上散露着的碎石

桂花和五间张

今天,雨切割了它们的距离
十米开外,两人依稀可见
红砖的脸庞正慢慢变淡,此时
身边那个的外域姑娘,罗马的裙装
向着五间张的边护,靠近!

风吹来,雨改变了方向
她借机掩过脸去,只露出青丝上的雪白花瓣
点点滴滴……

红砖上点缀的白石,认得否?
花岗岩横七竖八,内心的表白太过凌乱
雨点纷飞,漂洋过海,人世间的风谁能左右
一起转过脸去,儿时的模样出现在镜子里,红白
　　相依

秋风来,几十年的记忆越来越清晰,你掉落的花瓣
　　谁拾起

越洋的电话响了,告诉:南洋那边的桂花,开了!
忽地,雨的对面转过脸来,一身的花瓣降落在红砖
　　墙脚边
诉诉泣泣……

洒水车

在夏天看见它抬起头
向着天空高声说话
凉凉的言不由衷
又看见秋天它低着头
用泪水倾诉委屈
最后,选择慢慢地绕过
担心内心的池塘
瞬间决堤

碑　刻

阳光是披在身上的一件薄雾,那些凹进
石头的思想,以种下文字的方式
使文字获得永生

抚摸着这些渐渐消瘦的轮廓,犹如
在黑夜里踽踽行走,在最后一行字的末端
我紧紧抓住那只千年以前的手,它微微颤抖

这个不识字的石匠,用力地锤击自己
似乎要把他自己,嵌进石头
把他的苦难与绝望拯救出来

中间几个残缺的空白
那些不为人知的秘密,在大庭广众下
已经被他带走

村 庄

寒风收紧了袋口,村庄被装了进去

桦树被剥光了外衣,露出了肋骨

我捧着空罐子,听日子呜咽

风的寒,吹去一个个单薄的身影

一片片树叶,那么轻,那么轻

却不掉落下来

它们就这样浮于地面

东倒西歪

石　桥

命运潦草安排

一条瘦弱的河上

安放两三根排骨

灵魂洁净，淙淙流淌

无数次跨过生命的河流

人们把痛一点点塞进

脚下暗红的砖与黝黑的石

怎么也忘不了

枯枝划伤的落日

看着它的伤口裂开

又消失于宽阔的水面

红砖屋顶

尺二的红砖,是谁把满地的红盖头铺在月亮之下
在三层楼顶,青草滚动着露珠,洇湿了远方
青蛙敲响木鱼,星光的密语打开虚无之门
黑夜中的村庄脱去疲惫的外衣,现出经年的稻谷
刚出生的牛犊口含乳汁,柔软的身躯起伏
趁着黑夜,天空的云彩卸下浓妆
更远处的波浪扑向细白的沙滩
红砖屋顶像一个农妇偷咬着口红,波声呻吟

石材切割机

这是一条不断铺展的路

潦草而漫长

开头一段的起点过于齐整

更像是终点

后面一段坑坑洼洼

更像是起点

经过努力打磨

这台精密的机器

没有浪费生命的一分一毫

连那些边角料

也接受再一次的耳鬓厮磨

旧居

太阳落下去了,村里的旧房子显得更疲惫了
它们贴在城市的后背,很快睡着了
旧房子看起来像一个小孩子,伸出了双手
屋檐的滴水流到她的脸颊上,流到失恋的小河里
春天的河水涨得比夏天还快,在夜晚
她把自己关在角房里,河水还是漫过来
逼得她快喘不过气来,这样想着
泪水就再也不敢流下来
空空的鸟巢被自己淋湿

顶楼的灯光

向上数,二十层,三十层……
它发出的光淹没了它的存在
孤寂、冷清
再往上看,我试图寻找它上方的星星
——今夜缺席
地面橱窗里反射出无数的光
哦,星星都落到了地上
大珠小珠落玉盘

闽南俚语

狗被拴住的时候,整个村子的夜色暗下来
温柔的月色,血红的灶火,搏斗
锅里的水,拍着大小镲,为火助威
感觉天空中飘满诱人的香气

火光吞没了周围的一切,狗的瞳孔
倒映着欢乐的景象,一桌子的人
摆齐碗筷,斟酒,望着灶房
远处的一道目光,如炬

火光渺小,月光盛大,山巅上
两只狗的影子照在屋前
绳子被咬成两截,狗毛散乱一地
主人面对空碗和宾客,心里暗苦
一遍遍地自言自语:"水滚找无狗"
狗的伟大爱情,铸就闽南不朽的俚语

屋　背

现在,我们站在村子的后面

看一辆火车咳嗽地消失

那些提前离开的人

一心想走在自己前面

他们没有人回到这里

没有人发现这些出砖入石的旧厝

佝偻着身子站成一排排

互相搀扶

黛青的瓦筒腰椎间盘突出

瓦片上长出染过的青丝

我拍了下其中的一个后背

听到一片骨质疏松的响声

像那张贴在墙上的欠费单子

发白的时间

稻　田

镰刀弯腰,众稻谷颤抖

薄凉的杀气缓缓逼近

落日的余晖带着最后的救赎,抚摸其顶

饱满的内心唱颂歌谣

最后,整个田野盖上了锅盔,黑暗之水沸腾

蒸煮,稻田献出了赤裸裸的身子

田垄上,落日

照亮黑暗

空　山

一滴雨与一滴雨摩肩接踵

这个拥塞的公园

一场雨被囚禁在马路上

也有一些,落在城市的森林

它们的脚步声那么急切

在山的深处,有一滴雨迟迟不肯落下

等待有人走过去

接住它提心吊胆的一生

雨中农村

夜晚。雨覆盖了黑

农村的那条小路，两边的花草高于地面

我淌过低低的水，听见它们喃喃的声音

蓝而黑的半空中，丝丝缕缕的电线摇晃着

一头牵着过去，一头牵头未来

此时的一个雷声，是断喝

惊醒了万物的梦想，村庄浮于尘世之上

高过花草与雨水，它的一个转身

现出山中的小小寺庙，高过庄稼和白云

瓷　碗

当它敞开大口,星辰尽落其腹中

有即是无,空即是满

与时间对峙。谁敌得过一只碗的寂寞和虚无

食物与水。轻易占领它的幻想与渴望

五谷在地里赶路,它们之间的约定粗糙而坚定

总有一粒稻谷,贴在碗沿上

像一颗脱落的牙齿

掉在荒芜的草丛中

在苏埭村钓鱼

如果把高楼看成是山峰
沿着溪水折进紫帽山南麓的这个乡村
我就梦回柳宗元的唐朝
梦回千山与万径的永州
啊,水墨的苏埭
独钓着九十九溪的
秋水

喧嚣不属于苏安
这一溪的澄碧
到这儿就不走了
宋朝的溪水也掉头
由北向南流了
永州太远,一个人的独钓
一条小溪,刚好

鱼在溪中排队

溪流仰卧床底

抛出去的渔竿忘了收回来

听着黑茶古的低鸣

山峰都低下了脑袋

在晨曦的睡眠中醒来

看见叫"苏坡"的小村正忙着梳妆……

走在路上的苏坂村

白鹭飞过的天空留下美丽的梦想
溪水流过的土地带来不息的生命
黑色的陶瓷展示村庄朴素的形体
金色的阳光涂抹在青春的脸上

在九十九溪的柔发上
白鹤情愿放弃天空成为她的发夹
群山的发髻也就别着离乡的思绪
心灵的归依有流水呢喃的自语
每一间屋子都弥漫着谁的回忆

旧貌透出古老的韵味
若即若离才是最亲密的距离
新颜并不意味着抛弃
溪流的床底
反而衬托波光的潋滟

来到这里，我们并不说出她的美丽

沿着溪边细细找寻

两岸的泥土站立成永恒的陶瓷

黑色的茶古带着苏坡低调的话语

看游人目光的痴迷，又向着前方款款地走去……

磁灶龙窑

车驶出沟边村的时候
金交椅山就迅速向着地平线落下去
车驶过红绿灯的时候
它就隐藏在一片低低的树林里
车向上爬坡的时候
那尾烟显出龙的图腾慢慢飘散在空中

穿过那条青草条石交错的小道
它就静卧在山坡上
周边越来越高的景物
使它看起来越来越渺小
那里传来的沉重呼吸
增加了天空的重量

沿着龙窑一号遗址往上或往下
当时的男人和女人去了哪里

任何一片瓷都已看不见它出生的情景
散落的碎片仍是当年的姿势
那些呼吸声总在耳边响起
分不清是现在的我们或是过去的他们

达成了某种命运的约定
从龙窑里顺产的瓷
就会跟着海水往西往南或往北
这里的人也把自己分成无数个自己
像散落在金交椅山上的瓷片一样
他们遍布国家的整个版图

龙膛的火焰还在燃烧
他们胸膛温暖敞亮
一个人就是一个磁灶窑
为了向世人捧出精美的瓷陶
都把流着血的碎片默默收藏

墙上犁

雪白的原野,立在墙上
它凌空的脚步,在没有泥土的土地
耕耘,脱离了沉重的轭和缰绳
努力地在餐馆的墙上,活成农村的样子
前方的那头牛,已经端上了桌子
劳动的汗味融入骨汤里
我看见他们努力说着,蹩脚的城里话
竭力回避的方言,像是儿时露出的衣角
塞回去,又跑出来

诗心永在

蔡芳本

才过一两年的时间，蔡长兴又要出一本诗集，简直神速。我不知道这是他过去留下来的还是近来重新写的。反正，总觉得他一直在前进，一直跟诗不离不弃，跟诗作好朋友；总觉得蔡长兴的诗人意识很强，主人翁意识很强。蔡长兴不会因为种种原因脱离诗歌队伍、叛变诗歌队伍，他是一个坚强的诗歌主义者。晋江的诗人队伍离不开像蔡长兴这样的诗人，诗歌也离不开如蔡长兴一般的诗人，就像云彩离不开天空,礁石离不开大海,庄稼离不开土壤。近几年来,晋江的诗人队伍一直在壮大,新人不断涌现,跟如蔡长兴一样的比较坚持的诗人有着必然的关系,正因有一批如此坚挺的诗人,晋江的诗歌队伍也才不会疲软,晋江的文学才一直处于亢奋之中,一直处于丰盈状态。

　　蔡长兴的诗心永在。本书收录诗歌较之前一本诗歌是否有什么不同之处吗?你细读了每一首诗,你会发现:首先,蔡长兴的抒写对象变了。前一本诗集,写作的对象都是较实在,比如番薯、花生、大豆这样跟我们生活息息相关的农作物;又比如安息堂、童年之井、五店市这样跟我们人生紧紧相连的建筑;还有跟我们熟悉不熟悉的人:木匠、水电工、面馆小老板。蔡长兴写这些东西,是土地的东西,是底层的东西,日日围绕在我们身边,看得见、摸得着,十分接地气。而现在的这一本诗集,写作对象依然是原有素材的扩充、丰富,跟前一本诗集题材相互呼应。但在这一本诗集中,蔡长兴所挖掘的内容似乎更接近赞美而不是接近疼痛。他所表达的情感是撩人心扉,而不是痛彻心扉。换句话说,蔡长兴给我们的是"海那安详的睡眠",尽管"一棵树倒立着"也"用它的躯体/等着九月单薄的天空"。在这一本诗集里头,蔡长兴给予我们的是安慰,是寄托,是希望,就是"那些过早离开的花,是多么急切地/想遁入泥土,化作黑夜的煤/用它的左手,向春天/举起火把"。这又是一种人生的积极乐观的态度。对即将逝去东西的渴望是对生命涅槃的赞颂。蔡长兴告诉我们，从一种生命到另一种生命，只不过是换了一种形式而已，而不是终结。这种诗歌起到的作用是鼓舞，是激励。相信当读者读这样的诗歌时，不会产生迷茫，不会消沉。"这个蓬勃的世界/正在被无限放大"。"桂花的诗篇，开放/一首首的诗篇/一朵朵的吟唱"。这个蓬勃的世界正被蔡长兴用乐观的笔调，轻松地解释着，吟唱着。蔡长兴似乎也陶醉在其中，不知所以。如今的蔡长兴，忧患意识少了，乐观的情绪多了，改换的是一种心态，改换的是一种审美角度。这种改换，证明蔡长兴具有多样性的艺术思维，多样性的价值判断，而不是一根筋地死死守住一种观念不放。

在诗歌语言的处理上，蔡长兴也有了变化。这种变化表现在平顺、口语上。过去的那种奇崛、那种陌生在这本诗集上比较难见到。见到的只是我们熟知的、平常的语言，并且有较多的唯美词汇的出现。当然，这样的改换也使得一些诗歌显得雷同化，没有足够的回味度，进而使得诗歌的价值略有改变，不知蔡长兴本人有无意识到这样的问题。当然，这如果这是蔡长兴有意为之，是一种实验，那只能另当别论。他或许要来一次尝试，为今后的诗歌写作积累更多的经验。

不管如何，蔡长兴已经很了不起了，在两三年中出两本诗集，也算一个多产诗人了，应该好好祝贺他！

又是一年过去了，又是一年春花开，晋江诗人的作品

诗歌的日光有点冷（代后记）

蔡长兴

在闽南农村,每到秋冬时节,便要把家里的棉被衣物,拿到正午的烈日下曝晒。这一年的冬天,被窝都是暖暖的。农村制作豆豉,也要把刚煮透的黑豆、黄豆,从土灶上提起,倒在院子的埕上或房顶的石板上曝晒。晒得越干,食得越香。

正午的日光,颜色白白的,最为炙热,大地像是笼罩着轻纱的屈笼。从午后两点起,日光便渐渐拉长,渐渐变软。日头落山前的最后时刻,冷,一点点从裤管下往上爬,日光却鲜红得很。

诗歌也是这样。

当我用尽全力时,语言红得刺眼,它照在人的身上却是软绵绵的。经过一段时间,回头再看一些诗句,脸上却是火辣辣的。我把它们当中呻吟的嘴巴捂住,把高烧的温度用冰冷却,虽然颜色淡了不少,但这些诗歌经常给予我黑夜的亮光和持续的温暖。

包括我对诗歌的爱和诗歌给予我的爱。

不可否认,诗歌当中已经没有爱情的影子。现今,用一首诗获得女神的回眸,换来的肯定是冷眼。诗歌也不是敲门砖了,现在也没有门了,直接用VIP或扫二维码。曾经正午的日光,现在是街巷拐角的路灯发出的冷光。往往,冷光会给人淡淡的暖意,而过多的希求是不对的。

我并不感到悲哀,也不再想别人是否会悲哀。

相反,我有了些许自信和欣喜。在城市里,我再也不能像过去那样下地。父母亲还在老家,仍旧喜欢穿的是拖鞋,上的是热闹的农贸市场,买的是新鲜的大棚蔬菜,他们还是没学会打牌,可看得很开心。

这有什么不好吗?干吗非得住在现代的农村,却写着手工时代的陈旧诗歌。对于诗歌而言,敲门砖和博佳人一笑的时代也许已经过去,然而也不能因此忽视它,信息时代谁都可能成为新的网红。